U0082791

雪姬來的那一夜

攝影 / 葛昌惠

攝影 / 葛昌惠

攝影 / 葛昌惠

攝影 / 葛昌惠

本劇獻給盜火劇團創團團長

謝東寧（1968-2019）

嗜血的群眾　真相的凋零

愛與背叛　禁忌與詛咒　築起

淒美純淨的二人世界

目錄

序言

懸疑三部曲——重回我的夏日小屋

二〇〇八年，我寫下了人生中第一個舞台劇劇本。彼時的我從未想過，十年後的冬天，我的人生和創作會遇到巨大的瓶頸，也就是在同一時間，我突然迷上了史蒂芬．金（Stephen King）。那之後的好幾個月，我都無法從他的故事中脫身，現在想來，這大概是我人生中最幸運的一次的心血來潮。

史蒂芬．金是如此善於用故事操控人心，他筆下的場景都來自看似平凡無奇的日常生活，然而，從日常的縫隙裡忽然迸發出的未知的恐懼，會讓人瞬間墮入深淵，那是無法掌控自己的日常生活、自己所熟悉的事物的恐懼。

合上書的那個夜晚，我坐在書桌前，決定改變自己創作的習慣。從前的我總會先想「我要說什麼」，但那時的我，決定要先思考「我要怎麼說」。不知是不是受到史蒂芬．金小說筆下氛圍的影響，我在紙上寫下了「懸疑三部曲」這幾個字，這也就是一切的開始。

「懸疑」是某種說故事的類型，是觀眾所熟悉的主題，有其特有的敘事節奏，甚至是角色的樣貌。在書寫時，我希望在一開始就能和觀眾建立基本的溝通默契。不過即使如此，「懸疑三部曲」也仍舊各自風格迥異。首部曲《幽靈晚餐》用一場一景、回憶的錯置，來探討集體霸凌；二部曲《雪姬來的那一夜》用雙線結構，透過記者追訪一名神秘人的過程，探討媒體亂象和性別認同的歧視；終曲《艋舺公園殺人事件》，則是用多重線索和超現實的黑白電影氛圍，以及觀眾所熟悉的警匪緝兇橋段，探討社會驅逐的主題。

書寫「懸疑三部曲」的過程極富挑戰性，同時也極其令人興奮。我總是忍不住想像自己坐在切爾西餐廳中，和幽靈們度過不斷輪迴的一夜，想像自己和雪姬一同攀上雪之國的頂峰，俯視孤獨而寂寞的冰封之地，想像自己開著警車，在艋舺的大街小巷穿梭，迷失在黑暗的城市中。

在這四年的書寫之中，我找回了創作的喜悅和信心，同時，也讓我重新想到史蒂芬・金。在人生最糟糕的時候，他也不曾停止寫作，雖然有的時候，寫出來的東西十分平淡，但他沒有停止。他花了很多時間，終於成功重新啟動自己，他把這個過程形容為：

「就像在長長的冬天之後，回到夏日小屋一般地回來了……東西都還在，一切完好，等到管線都解凍了，電力也重新開啟後，一切就運作正常了。」

這是我讀過最精確、最充滿信心、最有希望的譬喻。

我想對那些永遠相信我、並且在寒冬仍舊堅守著我的夏日小屋的人們深深致謝。謝謝我的爸爸媽媽、永遠在天上看顧我的大東，謝謝盜火大家庭的家人們，以及「懸疑三部曲」所有的劇組夥伴。在你們的陪伴下，我終於重回了自己的夏日小屋，即使它已經被名為自我懷疑、創作焦慮、不安於現狀的雜草佈滿，但我選擇躺在它們中間，和它們共處一室，因為我相信其中一株一定會開花。因為我和你們一樣相信，我的夏日小屋永遠都在，它不會消失，不會破損，因為沒有任何人可以偷走其中的任何東西。

——劉天涯

推薦序

那道殘酷現實通往雪之國的橋樑

若殘酷現實是此地，而烏托邦的想像世界是彼岸，劇場則是中間的彈跳臺。如果我們在彈跳臺上跳至最高，是有可能碰到彼岸嗎？

改編新聞事件已是編劇常用的技巧，有善意的，也有消費的，中間主要取決於編劇的道德感。天涯的懸疑第二部曲《雪姬來的那一夜》，雖是改編自「登山領隊白凜誘拐少女事件」——這件話題性十足，又同時充滿著眾多標籤的新聞。但編劇在前期田野階段，便刻意與當事人保持一定的距離——這段為保護自身創作而刻意拉出的距離——劇作家稱作對「一切純真」的守護。這種近乎「童話式」的想法，在劇本中有明顯痕跡。

劇本分作兩條線：一是由社會新聞記者 Kimi 因不甘社會各方對爭議人物「雪姬」定下的各種標籤，而展開的偵探式訪問行動；另一邊則是「雪姬」口中提到的漫畫世界《雪之國》敘事。兩個世界，成為鏡像式的映照，惟一不變的是當中「雪姬」（莊少廷）對「緋櫻」（林子晴）的愛。Kimi 彷彿是劇作家安排給觀眾的嚮導，帶領眾人尋找「雪姬」的真面目。可惜的是，隨著劇情展開，「雪姬」身邊的親友們竟沒有一個能解開 Kimi 的疑惑，反而把她推進謎一般的漩渦裡，甚至令追尋真相的人在柳暗的山路上迷失自我。當在現實中迷路的她嘗試在

《雪之國》尋找答案時，卻發現漫畫只是反映現實的產物，猙獰的面孔只是換了童話的服裝，主角二人始終沒有得到童話式的結局……

出版的劇本與舞臺演出仍有不少差異，最大的不同應是戲的結尾。劇本中，天涯讓兩位世界不允許的人留在屬於他們的「雪之國」裡，那裡舉辦著婚宴慶典，眾人祝福著這對久經磨難的情人。我想，或許這就是劇作家面對殘酷世界後，極力為了這對她心中最登對的戀人、守護的最後一片純真。但這片純真，在劇本中已暗示了當中的想像成份，可能是 Kimi 或雪姬天真的想像，想像世界不曾如此，人不應該是這樣的，靈魂裡應該有一部分是軟軟的，而這同時也是劇作家天真的想像。

劇場的未來，已是老命題，媒介的日新月異，只是提醒我們：守護純真的重要性。「行路難」，登山者應該深知，山本無路，路是人走出來的。雪姬與緋櫻也相信：雪之國的第一束曙光，將會喚醒熟睡的眾人。

——何應權（導演）

雪姬來的那一夜

劇中人物

Kimi：30 歲，先知報記者，故事的主述者。

雪姬：17 歲，本名莊少廷，後因性別認同而改名為莊曉婷，跨性別者。

少女：15 歲，林子晴，景山國中國三生，雪姬的女友。

先知報總編

景山分局第三分隊張隊長

徐若慈，少女的補習班同學

協會志工

雪姬的母親

奈奈，雪姬的友人

櫻之國的國王

櫻之國的女巫

歌隊

第一場
序幕

（微弱的燈光下，櫻花瓣飄落。）

（一個十五歲少女出現在高台上，她既是子晴，也是緋櫻。）

（舞台的一角，隱約可見 Kimi 的身影，她正在翻看《雪之國》的漫畫。）

少女：ゆきちゃん，妳相信命運嗎？

曾經有人說過，我註定會在十五歲的那一年，愛上一個不該愛的人。

爸爸跟我說，一個十五歲的人，根本不會懂得什麼是愛，不會懂得什麼選擇是最好的。但是ゆきちゃん，我相信命運，所以我讓自己活了十五年，我想像過各種可能性，只是從來沒想過會是妳。

愛上一個人，到底是什麼感覺？

聽說，那種感覺是只要想到對方，就會忍不住微笑。有點害羞，心跳加快。是待在那個人身邊，就算什麼都不做，什麼話也不說，也不會覺得浪費時間。忍不住想要跟別人分享他的每一件事，想要用所有最美好，或是最恰當的字眼形容對方。

不過我的感覺完全相反。想到妳的時候，我會想哭。待在妳身邊的時候，我總是想跟妳講話，有的時候我甚至不知道自己在說什麼，但我還是會強迫自己跟妳說話，因為我不知道還有沒有下一次。如果可以的話，我不想跟任何人分享妳，我不想讓別人知道妳有多好，我想要妳完完全全只屬於我一個人。

ゆきちゃん，我一直問自己，同樣是愛，為什麼會有這麼大的不同？可能因為妳就是那個不該愛的人，是他們口中命中註定會帶來災禍的詛咒。

（Kimi 抬頭看向少女的方向。）

（燈漸暗。）

第二場
雪之國的祕密

（黑暗中，傳來新聞播報聲。）

（舞台一角燈漸亮，Kimi 獨自坐在桌前。）

新聞　*台北某國中國三的一名林姓女學生，本月初與朋友前往高雄同人展，結束後卻離奇失蹤。林姓女生家人心急如焚，報警求助。然而就在案情陷入膠著時，一名自稱雪姬的少年卻主動投案，表示自己是最後一個見過該女生的人，並於一週前帶她一同攀登北神山。目前政府相關單位與警方針對此案已展開全面調查……*

（新聞播報聲逐漸被風聲掩蓋。）

Kimi：無論多久之後，

這個國家世世代代的人們，都會記得雪姬來的那一夜。

（雪姬從黑暗中現身，其餘歌隊演員陸續上場。）

A：那是充滿了哭聲、毀滅和不幸的一夜。

B：她讓這個國度大地冰封，寸草不生。

C：讓這片土地變成了暴雪和狂風所主宰的天下。

D：ゆきさま，請原諒我們的所作所為吧！

A：ゆきさま，請停止妳的憤怒吧！

B：ゆきさま，請留給我們一條生路吧！

C：那一夜，這個國家所有的男男女女、老老少少跪在廣場前冰冷的地上誠懇地祈求著。

Kimi：雪姬沒有停下她的腳步，她不想也不願理會任何人。這裡再也沒有任何一個生命值得她留戀。

D：所有的小麥在一夜之間枯萎。

A：所有的河水在一夜之間結冰。

B：所有的牲畜在一夜之間被凍死。

C：所有的櫻花在一夜之間凋零了。

D：那一夜後，一年四季都是大雪紛飛的冬天。

A：那一夜後，所有新生的嬰兒都停止了哭泣。

這裡變得冰冷，絕望，一片死寂。

B：幾乎所有人都葬身在那場突如其來的暴雪之中，只有少數倖免於難。他們拼盡最後一口氣，逃離了自己的家，逃離了他們祖祖輩輩居住的地方。

Kimi：逃離那個來自雪之王國的怪物，那個來自詛咒之地的人。

（歌隊演員下場。）

（燈亮，報社總編上。）

Kimi：總編，早！

總編：Kimi，早啊，怎麼沒去跑新聞？

Kimi：總編，我還是想跟你討論一下上週五的提案。

我想做深度報導。

總編：Kimi，妳也不是第一天上班了，應該不需要我再跟妳強調了吧。先知報要的是即時，獨家，隨時注意，隨時發稿。妳知道就在我們剛剛講話的這段時間裡，多少新聞就這樣被放水流了嗎？

Kimi：……

總編：我是怎麼跟妳說的？妳最大的問題就是太鑽牛角尖。

Kimi：總編，拜託你再考慮一下，只要再多給我幾天時間……

總編：我不懂，妳為什麼要那麼堅持？

而且這條新聞，Cindy 不是早就已經寫完了嗎？

Kimi：可是 Cindy 的那篇，跟我們對手報的報導沒什麼太大的差別啊。

而且，總編，你有沒有看過她的標題？「十七歲少年雪姬涉嫌誘拐未成年少女」——

總編：有什麼問題嗎？

Kimi：少年？雪姬什麼時候成了少年了？這段時間我一直都在跟進這條線，她從來沒有一刻覺得自己是男生，雪姬根本就是一個跨性別者。

總編：……

Kimi：還有「涉嫌」、「誘拐」。如果事實根本不是這樣呢？

總編，現在沒有人了解故事的全貌。在這種情況下貿然下這種標題，難道不會誤導社會大眾嗎？

總編：Kimi，妳要搞清楚狀況，妳只是一個社會新聞記者，不是警察，也不是心理醫生。

Kimi：我只是想知道真相而已。

總編：Kimi，我跑了二十年的新聞了，我這樣說不是要壓妳，沒有任何一篇報導能寫出所謂的真相，因為真相從來都不存在，唯一有的是我們不同的選擇。

妳選擇誰做主角？妳要站在誰的角度？妳要選擇相信誰的話？

沒有人看得到故事的全貌。

Kimi：雪姬帶那個女生上山，一定有她的理由。我只是想知道為什麼。

總編：……好吧。既然妳這麼堅持，我也不會阻止妳。

Kimi：謝謝總編！

總編：等一下，回來！不過我要提醒妳。對於這件事，社會輿論的風向是怎麼樣，妳也看到了。現在的妳，是在打算幫一個罪名確鑿的人辯護。如果妳真的相信莊姓少年不是誘拐犯，那就要拿出更有力的證據，知道嗎？

（總編下場。）

（Kimi 走向台前，拿出攝影機。）

Kimi：雪姬，在真實世界中，身份證上的名字是莊少廷，而她則稱呼自己為莊曉婷。在 cosplay 圈中，大家都稱她為ゆきさま，跟她熟一點的朋友，則叫她ゆきちゃん。ゆき，就是雪的意思。叫做雪姬的原因，是因為她總是把自己裝扮成漫畫《雪之國》中的女主角。

兩週前轟動社會的林姓少女失蹤案，讓雪姬在一夜之間登上了各大報紙的社會版頭條。幾乎同一時間，我開始追蹤這條新聞，也開始研究《雪之國》的漫畫。我想知道，這個雌雄莫辯的神祕人，為什麼總是要以雪姬的形象出現在大眾面前？她到底是誰，她究竟為什麼要這樣做？

（Kimi 打開攝影機。）

（燈光轉換，所有受訪者出現，可能是影像，也可能是現場。）

警察：他有坦承說要帶那個女孩子去山上生活，但是他拒絕透露更多相關訊息，也不肯透露他們的登山路線。

會長：我在做會長的時候他就是個危險份子，之前就做過違法的事。我把他開除了。後來再也沒有跟他聯絡過。

志工：可以訪問，但不要提到我的名字。我不希望別人知道我有受訪。莊少廷，他是最年輕的領隊，他帶團去爬山都有把人顧好，不可能是那麼可惡的人。而且這也不是他第一次帶女朋友上山。

若慈：我那時候就覺得怪怪的，那個人真的很危險。但是子晴好像一點也不害怕。我不懂子晴為什麼這麼相信他。

會長：他是個很內向的小孩，不太善於跟人交際，有時候在處理事情上會比較主觀一點，也不會考慮太多社會層面的事情。

奈奈：ゆきちゃん不需要朋友，就算沒有朋友，她也可以過得很好。

媽媽：我是莊少廷的媽媽，作為家長，我有責任去撫養他，教育他。我沒有正確引導我的孩子，是我的失職。我很內疚。我在這裡代替我的小孩，誠懇地向社會大眾道歉。

（以下的聲音逐漸疊在一起，聽不清楚。）

同學：他上課的時候基本上都在睡覺，後來高二他就沒有出現了。

我知道他有在打工，好像是在旅行社還什麼協會的，不太清楚。

姐姐：我覺得他沒有害人之心，在爬山的過程中他一直拼了命保護我妹妹，而且爬山的過程中都是他幫忙背裝備的。後來我妹妹也有去參加登山社團，應該也是被他影響。

店員：我們這邊是距離登山口最近的一家 Seven，有時候他會帶山友買東西帶上山。他喜歡買能量果凍，一買就是一整盒。我覺得他人很開朗，而且很健談，感覺大家也都很信任他的能力……

（Kimi 關掉攝影機。）

Kimi：我想知道林子晴失蹤的原因。

我想找到雪姬隱藏在雪之國的祕密。

（Kimi 坐回桌前，燈光轉換。）

第三場
帶來詛咒的少女

（高台處，歌隊演員上。）

Kimi：雪姬來的那一夜，是詛咒的一夜。

A：從詛咒中僥倖逃生的老人們說，從前這裡不是這樣的。

B：從前，這裡春暖花開，土壤豐饒。

C：生機勃勃，蟲鳴鳥叫。

D：從前，這裡一年四季，國土上都開滿了緋紅的櫻花，所以被稱為櫻之國。

A：一切的一切，都要從國王的女兒開始說起。

B：國王的第十三個孩子，災難的種子。

C：櫻之國的國王連生了十二個孩子，都是男孩。

D：王子們個個德才兼備，出類拔萃，國王非常喜愛他的兒子們，但是，他並沒有因此而心滿意足。

國王：萬能的天神，謝謝您賜予我無上的榮耀，讓我的血脈得以延續，護佑我家族福澤。

我知道，比起沒有半個子孫承歡膝下的父母們來說，我不該向您多祈求任何東西。但是如果您聽得到我的祈禱，如果您願意繼續賜福給我的話，我無論如何都想要一個女兒。

A：這個消息很快就傳遍了櫻之國的各個角落。

B：國王愛民如子，所有人都愛戴他，所有人都大聲地為國王祈福。

合：如果您聽得到他的禱告，無論如何，請賜給他一個女兒吧。

C：隔年，王后生下了第十三個孩子——

少女：我在所有人的期盼下出生了。

D：天神真的聽到了我們的禱告，是一個女孩！

合：賜福！賜福！

A：她誕生的那天，緋紅色的櫻花開得很好，幾片花瓣飄到包裹著嬰兒的白色綢緞上。

國王：我決定，替她命名為緋櫻，願天神賜福於她。

合：賜福！賜福！

B：國王下令舉行七天七夜的慶典，大肆歡笑、歌舞，飲酒作樂，
　慶祝緋櫻公主的誕生。

合：賜福！賜福！

C：陶醉在歡樂中的國王，請櫻之國中法力最為高強的巫女，替緋
　櫻加冕。

巫女：國王，恕我直言，這個孩子不該出生。緋櫻是黑暗之神送給
　　您的禮物。

Kimi/ 巫女 / 少女：她 / 我會在十五歲那年，愛上一個她 / 我不該
　　愛的人。

巫女：這個孩子會招來最強大的詛咒，讓整個櫻之國都毀於一旦。
　　在一切都還來得及之前，我懇求您結束她的生命。

D：一瞬間，所有的笑聲都停止了。

A：所有的歌舞都停止了。

B：整座宮殿一片安靜。

C：安靜得聽得到櫻花飄落的聲音，王后開始啜泣。

D：沉默了很久的國王，終於開口說話了——

國王：滾，滾出我的國家！

A：憤怒的國王將巫女放逐出境。

B：巫女的預言很快就傳遍了櫻之國的各個角落。

C：但所有人都在大肆歡笑、歌舞、飲酒作樂。

畢竟，這麼美麗的女孩竟然會招來詛咒，有誰會相信呢？

D：國王親自為緋櫻加冕，她成為了櫻之國第一位，也是唯一一位公主。

國王：親愛的女兒，妳是繼承櫻之國最高貴的血統的人。我會保護妳，讓妳平安健康地長大，讓妳跟最正直的人來往，我會親自為妳安排最好的婚姻，讓妳繼承我的王國，讓妳得到妳想要的所有東西，讓妳成為世界上最快樂的人。

A：國王用盡他所有的方法寵愛他的女兒。

B：他把緋櫻鎖在宮殿的最深處，不許任何人接近她。

C：緋櫻孤零零地躺在冰冷的寶石和黃金做成的床上。

Kimi/ 少女：就這樣，她 / 我獨自一個人長到了十五歲。

D：時間一年一年過去。

A：每年，國王總會打開宮殿的門，召開盛大的宴席。所有的皇族成員，都會在宴席中與民同歡。這是櫻之國的傳統。

B：時間一年一年過去，櫻之國的人們開始覺得奇怪。

C：算一算，緋櫻公主也快滿十五歲了，但是從來沒有人在宴會上見過她。

D：有些人發現，國王開始變得越來越奇怪，他開始逐漸消瘦下去，臉上總是佈滿愁雲。

國王：到底是哪裡出錯了？

Kimi/ 少女：不知道從什麼時候開始，她 / 我開始不想哭，不想笑，也不想說話。

A：國王為緋櫻帶來最華麗的珠寶，最精緻的綢緞，請來最好笑的伶人為她演出，但緋櫻總是無動於衷。

B：十五歲的緋櫻，臉像陶瓷一樣漂亮，精緻，卻沒有生命。

C：十五歲的緋櫻，是一個沒有任何感情的公主。

Kimi：在第十五年的宴席上，國王終於做了一個決定——

國王：只要有人能讓緋櫻公主笑，能讓她開口說話，我願意實現他的所有願望。

A：這個消息很快從櫻之國傳了出去。

B：傳到了世界盡頭的每個角落。

C：許許多多的人開始匯集到小小的櫻之國來。

D：有王子，貴族，將軍，也有普通的老百姓。

A：有人騎馬來，有人坐著金色的車子來，有些人走路步行來。

B：他們都希望自己能夠成為那個最幸運的人。

C：但是，時間一天一天過去，緋櫻公主依舊還是老樣子。

D：她不哭，不笑，也不肯說話。

Kimi/ 少女：明明還活著，明明還在呼吸，但感覺卻像死了一樣。

（燈漸暗。）

（燈亮，警察局內，張隊長上場。）

警察：Kimi 啊——

Kimi：**（送上一杯咖啡）**張隊長，這個給你。

警察：哎呀，太客氣了。

Kimi：張隊長，不好意思，這次又要麻煩你了。

警察：Kimi 啊，你們總編昨天還親自打電話來，我們不是上週五才開過記者會嗎？

Kimi：因為這次我跟總編拿到了深度報導。

警察：深度報導？打算報很大是不是？

Kimi：不好意思，耽誤張隊長的時間了。請問我可以錄影嗎？

警察：哇，這麼正式喔？

Kimi：可以嗎？

警察：可以啊，不過幫忙歸幫忙，還是那句話，這個案子還在審理中，有些案情的細節我是不能透露的。

Kimi：我明白。

（Kimi 打開攝影機。）

Kimi：9 月 18 日，星期一，訪問對象⋯⋯

警察：我是景山分局第三分隊小隊長，我姓張。

Kimi：聽說莊姓少年來投案時，您就在現場，對嗎？

警察：對，那天剛好是我值班。

Kimi：可以請您跟我們描述一下當時的情況嗎？

警察：他是上個禮拜四主動來警察局投案的，大概是接近下班時間吧，他是突然出現在警察局門口的。

（雪姬出現在高台上，背對觀眾。）

警察：你好，請問有什麼事嗎？

雪姬：你們是不是在找一個叫做林子晴的女生？

警察：你認識她？

雪姬：……

警察：你們是什麼關係？

你是她的朋友嗎？

雪姬：不用找了，我知道她在哪裡。

警察：他就跟我說，他知道林子晴在哪裡。

雪姬：請問你們這邊有東西吃嗎？我還沒吃飯。

Kimi：他看起來是什麼樣子？

警察：什麼？

Kimi：我的意思是，他的外表，第一眼看起來給你什麼印象？

警察：喔，他個子不高啊，還有穿裙子，頭髮長長的，很瘦。我一開始還以為她是個女生，一開口才知道原來是個男的。他說他叫莊曉婷，看了他的身分證才知道，其實他叫莊少廷。

你們是怎麼認識的？

雪姬：網路上，因為她跟我一樣喜歡《雪之國》。

我們兩個約好在同人展結束之後碰面。

警察：我們偵查過他的手機對話記錄，他說的是真的。

雪姬：第二天一早，我就帶她去爬北神山了。

警察：爬山？

雪姬：嗯。我們約好了，我們要在雪之國一起生活。

Kimi：雪之國？

警察：依照當時的紀錄，他是這樣說的。

Kimi：他有沒有跟你們解釋，雪之國是什麼地方？

雪姬：……

警察：他不肯說，我也沒有追問。我猜，應該是這兩個小朋友自己想像出來的地方吧，有點像扮家家酒那樣子。

（對雪姬）然後呢？

雪姬：……

警察：你說你帶她上山了，然後呢？

雪姬：……

警察：她現在人在哪裡？

雪姬：……

Kimi：他什麼都沒說？

警察：沒有。其實他都很配合，態度也不錯，講話也算滿有禮貌的。

但只要問起林姓少女的下落，他就什麼都不肯講。

我們研判，林姓少女可能是在莊少廷不知情的情況下自行下山，但是因為不熟悉地形和路線，在下山的過程中迷路了。

Kimi：那，目前林姓少女失蹤案的偵查狀況如何？

警察：莊少廷投案當天，我們警方就已經緊急調派人力，聯絡地方消防局，對北神山進行全面搜索，也有出動搜救直升機和空拍機進行空偵。不過最近有連續強降雨，對我們的搜救行動也造成很大的阻礙。

Kimi：已經過了一週的時間，張隊長，真的什麼線索也沒有嗎？

警察：到目前為止，任何求救訊號或是足跡都沒有。

Kimi：好的，謝謝，那我們的採訪就到這邊。**（關掉攝影機）**

警察：這樣就可以了喔？拍謝，我只能說這麼多，那我先去忙了。

Kimi：好的，謝謝張隊長。

（張隊長起身準備離開，又停下腳步。）

張隊長：真的很奇怪，什麼都找不到，那個女生，她好像就這樣在山裡，消失了。

（燈漸暗。）

第四場
綁架犯，或是救贖者

（螢幕上出現子晴友人若慈的臉，她看上去有些緊張。）

（燈漸亮，摩斯漢堡店，Kimi 和若慈對坐。）

Kimi：妳好，我是先知報的 Kimi。

若慈：我是若慈。

Kimi：謝謝妳願意跟我見面。

若慈：不好意思，我晚一點還要去補習，沒辦法太久，可能最多半個小時。

Kimi：好，沒問題，我不會耽誤妳太多時間。

我是想要跟妳問問看有關林子晴的事。妳和子晴是同班同學，對吧？

若慈：不是耶，我們只是同一個補習班。

Kimi：妳們每週都會固定去補習嗎？

若慈：嗯，禮拜六，是補數學。禮拜天下午補生物。每次補完我們都會固定來這邊的摩斯寫功課，寫到八點半，再一起搭公車回家。子晴有門禁，不能在外面太久。

Kimi：她失蹤的那天，有跟妳提起過她要去同人展的事嗎？

若慈：沒有，那天我在補習班就沒看到她。聽說後來她也沒去學校上課。

我也是後來看到新聞，才知道她那天為什麼突然消失。

Kimi：之前從來沒發生過類似的狀況嗎？

（若慈沉默，高台處，子晴上。）

子晴：徐若慈，妳可不可以幫我一個忙。

若慈：幹嘛？

子晴：就是，明天的補習啊——

若慈：怎樣？

子晴：妳可以幫我假裝我媽媽，幫我跟補習班老師請假嗎？

若慈：林子晴，妳該不會還要去找他吧？妳媽上次不是還沒收妳手機，不讓妳出門嗎？

子晴：拜託，最後一次了，之後我就不會再麻煩妳了，我明天真的必須跟他見面。

若慈：沒有，她是我們班上的資優生，從來沒缺過課。

Kimi：那她有跟妳提過雪姬這個人嗎？

若慈：你們明天見面要幹嘛？

子晴：他要帶我去爬山。

若慈：妳真的不怕嗎？

子晴：怕什麼？

若慈：他是高中生欸！如果他把妳單獨帶去山上，然後……然後對妳做一些可怕的事情。

子晴：像是什麼事？

若慈：妳不怕懷孕喔？

子晴：懷孕又怎樣？

若慈：林子晴，妳不要亂講話！

若慈：我們只是一起上補習班的同班同學，就只是這樣而已。之前警察有來我們學校，我就有講說……我不知道。我真的什麼都不知道。

子晴：若慈，妳到底要不要幫我？

若慈：⋯⋯

子晴：我問妳，愛上一個人，是什麼感覺？

若慈：幹嘛突然問我這個。

子晴：妳說說看啊。

若慈：嗯⋯⋯那種感覺應該是，只要想到對方，就會發自內心想要笑。想要二十四小時都跟對方在一起。

子晴：那之後呢？

若慈：如果真的很愛很愛，應該就會想跟對方結婚吧。

子晴：如果這件事是不可能發生的呢？

若慈：等到十八歲不就好了，反正成年就沒有人可以管我們啦。

子晴：那如果妳爸媽現在就不准你們在一起呢？

如果到了十八歲，這個世界上，根本沒有任何一個人願意祝福你們呢？

所以妳到底要不要幫我？

若慈：好啦，最後一次喔。

子晴：謝謝妳，但之後我可能沒辦法聯絡妳了。

山上可能就沒有訊號了。

若慈：什麼意思啊——

子晴：萬一我隔天沒有回家……我的意思是，如果她不是想要我懷孕，是想要……想要綁架我的話，妳也不要怪她喔，因為她絕對不是故意的。

若慈：林子晴——

子晴：我爸爸回來了，我先掛了喔！

若慈：喂——林子晴？喂？

（子晴匆匆下場。）

Kimi：好，沒關係，那我們今天就先這樣，謝謝妳。

若慈：警察還是沒找到她，對嗎？

Kimi：目前暫時還沒有消息——

若慈：我覺得就是他綁架子晴上山的。

Kimi：誰？

若慈：其實……子晴有跟我說，她在網路上認識一個人。她說，那個人可能會綁架她。

Kimi：妳說的那個人是雪姬嗎？莊曉婷？

若慈：我那時候就覺得怪怪的，那個人根本就是個騙子。他真的很危險。但是子晴竟然一點也不害怕。我不懂子晴為什麼這麼相信他。我不知道他會對子晴做出什麼事，我不知道他想從子晴身上得到什麼——

我真的沒想到會變成現在這樣。我那個時候根本不該幫她的！

Kimi：若慈——

若慈：妳覺得子晴真的會沒事嗎？

Kimi：所有人都在努力，我們一定會讓她平安回家的。

若慈：嗯。

Kimi：若慈，這不是妳的錯。

若慈：謝謝妳，抱歉，我真的要去補習了。

（若慈下，Kimi 關掉攝影機。）

（燈光轉換，高台處，歌隊上場。）

Kimi：在這個國家，沒有人不知道雪姬的傳說。

B：傳說她非男非女，有紅色的眼睛，一張融化的臉，尖利的爪子，死人一樣冷的皮膚，還有一條長長的尾巴。

C：她是獨自一人住在山裡的妖怪，冬眠十七年就會甦醒。

A：當你踏入山裡，她會埋伏在路邊，捲起一場暴風雪，讓你絕望地死去。

B：當她下山時，她會用強風吹垮門鎖，入侵你的房子，在你熟睡的時候砍掉你的四肢。

C：她專門誘拐好人家的小孩，綁架他們，把他們帶去雪之王國。那個遙遠、黑暗、一年四季都是大雪紛飛的雪之王國。

A：只要聽到她的名字，再吵鬧的孩子也會在一瞬間停止哭泣。

B：如果再不聽話，雪姬就會把你抓走喔！

C：但是，傳說只是傳說，沒有人相信怪物真的存在。

直到那一天，傳說變成了真的。

A：是她，她來了！

B：誰來了？

A：是雪姬，是雪之國的ゆき，那個怪物要來了！

Kimi：十七歲的雪姬第一次下山，第一個造訪的就是櫻之國。

A：快把所有的窗戶都關起來，千萬不要出門——

B：不要哭，如果她聽到的話，就會把你抓走——

C：不知道她會對我們做出什麼事來——

A：櫻之國的街道一片安靜，宮殿外站著一千兩百個全副武裝的士兵，所有人的手都在發抖。

國王：遠遠地，國王看到一個人影從街道的盡頭向自己走來。

（雪姬上。）

Kimi/少女：那天是她們/我們第一次見面。

A：當雪姬出現時，一千兩百個士兵一瞬間屏住了呼吸。

B：櫻之國的所有人，把窗簾拉開小小的縫隙，偷偷地向外看。

C：媽媽，那個人好漂亮喔。

A：噓——！

少女：她走在路中央，看上去有點心不在焉，旁若無人。一頭長髮，穿著白色的和服，皮膚蒼白透明，就像雪一樣。

A：沒有尖利的爪子，紅色的雙眼，也沒有嚇人的尾巴。

B：那只是一個普通的人類。

雪姬和櫻之國任何一個十七歲的孩子沒有任何差別。

C：怎麼可能沒有差別？我從來沒有看過這麼漂亮的少年——

B：還是少女？

A：國王告訴自己，必須冷靜下來。

國王：就算是以人的形體出現，妖怪也還是妖怪。

（雪姬坐定。）

國王：你是誰？

雪姬：我是雪之國的雪姬。

國王：你為什麼會來這裡？

雪姬：因為我聽說了緋櫻公主的事。

國王：……

雪姬：聽說她不會笑，不會哭，也不會說話。

國王：所以呢？你想做什麼？

雪姬：這就是我來櫻之國的原因。

國王：……

（雪姬舉起手，雪花開始飄落。）

A：快看！

B：那是什麼？

C：有東西從天上落下來了！

A：數不清的白色小東西從天而降，一片一片，像糖霜一樣。

B：好奇怪，它們落在地上，一瞬間就消失了。

C：它們越來越多，越來越大，密密麻麻，像一張巨大的白色的網，

覆蓋了整個櫻之國。

A：快看！

B：宮殿最深處的房間，厚厚的窗簾被拉開了。

C：是緋櫻公主！

國王：緋櫻，她在笑？

我的女兒，她笑了嗎？

（Kimi 打開攝影機，翻看著影片，攝影機裡傳出若慈的聲音。）

若慈：我那時候就覺得怪怪的，那個人根本就是個騙子。他很危險。

Kimi：ゆきちゃん，真的是個危險的人嗎？

（Kimi 繼續翻看影片。）

（螢幕上出現經過處理過的影像，是協會的王姓志工，但看不清楚臉。）

志工：其實我原本不想接受什麼採訪。這段時間也不是沒有遇到過記者，我一律都說無可奉告。但不管電視還是網路新聞我都有在看，因為一些原因我還是覺得有必要出來說一下。

Kimi：謝謝你主動聯繫我。

志工：之前妳打來的時候會長直接拒絕妳，也不能怪他。畢竟真的鬧很大，多一事不如少一事。

Kimi：當然，我理解。

志工：不過這件事我希望匿名，或者做一些後期處理什麼的……把臉變模糊，或者是變聲。妳應該知道我在說什麼。總之，我不想讓協會的人知道我有受訪。

Kimi：好的，沒問題。9 月 21 日，星期四。訪問對象，協會志工。莊少廷，他直到半年前都一直在你們協會工作，對嗎？

志工：嗯，他剛來的時候就是幫忙當揹工，跟著登山團一起上山，幫忙背裝備啊、紮營啊煮飯什麼的。後來才發現他原來很厲害，是個奇才。

Kimi：怎麼說？

志工：他方向感很好，再複雜的路線他也能很快記住。工具也是一學就會，就算天氣再多變也能很快適應。你不要看他，瘦瘦的一個小男生，背那麼重的裝備，走起路來像飛一樣。有一次我們去登齊屋山，地形很複雜，還下雨，連領隊都出現高原反應，結果他登頂輕輕鬆鬆。

他天生就是要爬山的人。會長那時候就想培養他當領隊了。

Kimi：聽起來會長很喜歡他啊。

志工：我們大家都很喜歡他。

Kimi：所以半年前到底出了什麼事？

志工：他自己跑去爬黑山，被管理處的人抓包了。

Kimi：「爬黑山」？

志工：就是自己去爬沒申請過的管制區。

Kimi：這樣是違法的，對吧。

志工：哈，這樣說的話，那些爬過百岳的高手通通都違法了。

Kimi：……

志工：說實話，根本沒有什麼所謂的黑山。

你想正大光明爬山，就只能爬那些固定路線。真正的爬山好手，誰不想自己去闖一闖？而且政府一天到晚在封山，封了山，不用找人管理，出事不用負責，有人偷跑進去還可以罰錢，一舉兩得。

反正再怎麼申請，也申請不到。想去，就只能爬黑山。我只能說莊少廷他運氣不好，被抓到是他倒霉。

Kimi：他離開協會，是因為這件事嗎？

志工：是會長勸他離職的，怕影響協會形象。

其實會長的決定我能理解，但自從鬧了這個新聞，協會的人都在那邊私下議論，說什麼之前就覺得他是個「危險份子」，好家在那時候有開除他。

哼，會長對他好的時候，每個人都跟蒼蠅一樣圍著他，現在在這邊放這種馬後炮，我是覺得蠻可笑的啦。

之後，他很快就自己組登山團，自己當上了領隊。他都在網路上開團，他不常開，但聽說一開很快就滿了。他就是有那個能力。

Kimi：他離開之後，還有跟協會的任何人聯絡嗎？

志工：他之前有聯絡過我，讓我去幫忙他當揹工。

他給我他的地址，我去了之後才發現，他住在半山腰的一個貨櫃屋裡。

Kimi：貨櫃屋？

志工：嗯，很破舊的貨櫃屋。

一開始我還覺得很奇怪，他應該不缺錢，我就問他為什麼要住在那種地方。他跟我說，他想離山越近越好。他之前就說過，如果可以的話，他想一輩子住在山上。

Kimi：跟團的，通常都是什麼樣的人？

志工：不想跟太多人一起上山，想走比較特別路線的人，想要挑戰高難度路線的人。他也開新手團。什麼樣的人都有。

Kimi：他有跟你提過那個失蹤的女生嗎？林子晴？

志工：沒有。

不過他之前也有帶女朋友上山過，這不是第一次。

Kimi：……之前也有過？

志工：嗯，有的時候，他會帶女生上山散散心，應該就是女朋友吧。

這也很正常吧。

Kimi：所以在你看來，莊少廷不是個「危險份子」，他沒有誘拐任何人？

志工：新聞報的實在太誇張了，根本就是污名化，故意抹黑他。

怎麼會是誘拐？別人約會去看電影，他們約會就是去爬山，就這樣子而已啊。

Kimi：你覺得有沒有可能，他們在爬山的過程中吵架了，莊少廷自己下山了呢？

志工：不可能，他不是這樣的人。他是我見過最負責、最可靠的領隊。北神山的地形很多變，再怎麼樣他也不會拿別人的生命開玩笑。有多少人上去，就要有多少人下來。

只有這一次，我想不明白。

Kimi：……

志工：這一次只有他一個人回來。我真的怎麼也想不明白。

（Kimi 合上攝影機。）

（高台處，緋櫻走向雪姬。）

少女：我起身，拖著沉重的裙擺，走下長長的樓梯，走向那個人。

Kimi：這是緋櫻第一次踏出宮殿的大門。

A：道路兩旁的櫻花樹上，結了一層薄薄的冰霜。

B：十五年來，櫻之國的人第一次看到緋櫻公主。

A：那個頭髮和櫻花一樣紅的少女。走到了雪姬面前，開口說話。

B：十五年來，國王第一次聽到女兒的聲音。

國王：那個妖怪到底做了什麼？

　　　他到底用了什麼巫術？

緋櫻：你叫什麼名字？

雪姬：雪姬。

緋櫻：你從什麼地方來？

雪姬：遙遠的山上，雪之國。

（緋櫻伸出手，接住幾片從天上飄落的雪。）

緋櫻：這是雪之國的櫻花嗎？

雪姬：這不是櫻花，是雪。

緋櫻：好美，我從來沒有看過雪。

（雪落了一陣子，逐漸停下。）

Kimi/ 緋櫻：那天，是她們 / 我們第一次見面。

（燈漸暗。）

第五場
世界上最快樂的人

新聞　莊姓少年誘拐少女的自私行為，讓網路與社會輿論的批判聲浪越來越高。網友認為，少年的該舉動十分浪費社會資源，而林姓少女的父母，今日首度在鏡頭前露面，哀求莊姓少年公開他與少女的登山路徑，更呼籲有關部門應嚴格管控山林，不要讓類似的悲劇再次重演……

據了解，莊姓少年的父親在其就讀國小時便離家，由莊媽媽獨自撫養莊同學長大。家庭是影響青少年人格形成與發展的最重要因素，父母角色的互補，對於孩子的成長至關重要，缺少其中一位角色，子女的管教有可能會失衡，導致偏差行為的出現。

（鄰居的聲音。）

鄰居：「跟他們家很不熟啊，沒有交集啦。平常也比較沒有看過他們家的小孩子，碰到也不太會打招呼，他就不太講話啊，頭髮長長的這樣⋯⋯也有聽過他們家有人吵架啦，半夜的時候吵很兇，很大聲，我還想說要不要報警⋯⋯」

（雪姬獨自一人坐在高台處。）

（燈漸亮，Kimi 左右踱步，似乎在等人。）

（一個女人上，Kimi 連忙上前。）

Kimi：您好，請問您是莊少廷的媽媽嗎？

（女人的腳步停頓了一下，但很快地，像是似乎沒有聽到 Kimi 的聲音一樣，她繼續往前走。）

Kimi：莊媽媽，我是先知報的——

女人：不好意思，妳搞錯了，我不認識這個人。

Kimi：莊媽媽，等一下——

女人：小姐，我剛剛已經說了，我不認識——

（Kimi 打開攝影機。）

Kimi：莊媽媽，妳為什麼要否定妳跟莊少廷的關係？

是因為她這樣做，讓妳覺得很丟臉嗎？

女人：請妳把攝影機關上。

Kimi：莊媽媽，妳之前知道莊少廷是跨性別者嗎？

莊少廷投案之前有跟妳聯絡過嗎？

妳覺得莊少廷真的會做出誘拐少女的舉動嗎？

女人：妳到底怎麼回事，我都已經說了，我不認識這個人，妳聽不懂嗎？

不要再問我了，我是不會回答妳的問題的。

Kimi：莊媽媽，我相信她。

女人：⋯⋯

Kimi：我相信她沒有「誘拐」那個女生。

女人：這些話，妳可以去跟警察講，不用講給我聽。

我再說一次，把攝影機關上，之後不要來騷擾我。

（Kimi 關上攝影機。）

Kimi：莊媽媽，莊少廷高中輟學之後，妳就再也沒跟她聯絡過了，對吧？

女人：……

Kimi：妳應該知道，現在主流的社會輿論，幾乎都在指責她。她才十七歲，妳怎麼忍心讓她一個人面對這些壓力？妳覺得自己有真的關心過她嗎？

（女人轉身，盯著 Kimi。）

女人：妳這話是什麼意思？妳的意思是，莊少廷成了一個誘拐犯，是我的責任？

Kimi：……

女人：莊少廷他爸在他很小的時候就跟我離婚了，這個孩子是我一個人帶大的，我全部的時間和精力都放在他身上，我對他很嚴格，每天做了什麼事，看什麼電視，穿什麼衣服，我都會盯著他，就是不希望他出什麼差錯。

但是到了國中他就變了，交壞朋友，看一些亂七八糟的東西，化奇怪的妝，開始說謊，週末常常不知道跑去哪裡。

有一次我不許他出門，他竟然翻窗戶逃出去。我真的不知道他為什麼會變成這個樣子。妳知道那麼多，妳告訴我啊！

到後來，學校打電話給我，我才知道他那天根本沒去上學。

就連他輟學，我都是被告知的。

那時候我發現，我真的已經不認識莊少廷了，他已經變成一個騙子。

Kimi：……

女人：請妳把攝影機打開。

事情發生的時候，我第一時間就向大眾公開道歉了，這是我能為他盡到的最後一點責任。

所以請你們放過我，我還有我自己的生活要過，我沒有這個兒子。

（女人下場，啜泣。Kimi 獨自一人留在舞台上。）

（燈光轉換，高台處，緋櫻上。）

（Kimi 看向二人方向。）

緋櫻：我是緋櫻，我在櫻之國出生、長大。我有爸爸，媽媽，和十二個哥哥。大家都說，我有一個完美的家庭。

雪姬：我沒有父親，沒有母親，也沒有兄弟姐妹。

從我有記憶以來，我就是一個人，沒有人為我決定任何事。

我要自己想辦法學著生存，學著活下來。

緋櫻：你的意思是，你一直是孤零零一個人住在雪之國嗎？

雪姬：嗯。

緋櫻：我也是，我在這間房間住了十五年，從來沒有離開過。

雪姬：為什麼？

緋櫻：因為爸爸不准我出門。

雪姬：我們不一樣，我過得很自由，可以想做什麼就做什麼，想去哪裡就去哪裡。

緋櫻：這樣的生活是不是很快樂？

雪姬：妳知道嗎，雪之國一年四季，幾乎都是暴風雪的氣候。

有一次，我早上醒來的時候，天空很少見地出現陽光。我從山頂上往下望去，到處都是一片白茫茫的雪，遠處的山看得一清二楚，有一整排的落葉松站在結了冰的湖水上。

我第一次發現，原來雪之國這麼美。那時候我突然很想跟人說說話，我很想跟誰分享我看到的這一切，但，那時候全世界只有我一個人。

一個人生活沒什麼不好，我習慣了，也很自在。不過有的時候，還是會有一點孤單。

所以，妳問我過得快樂嗎？我不確定。

緋櫻：我爸爸總是跟我說，等到我十八歲的時候，等到我理解「愛」是什麼的時候，他會為我安排最好的婚姻，讓我繼承他的王國。無論我要什麼東西，他都會給我。他說，他會讓我成為世界上最快樂的人。

但是，這離我太遙遠了。我從小就知道，快樂對我來說，太奢侈了。我只能把它當成是一個永遠無法滿足的願望。

雪姬：……

緋櫻：不過今天我才發現，要實現這個願望，竟然這麼簡單。

雪姬：妳從來沒有過快樂的感覺嗎？

緋櫻：有，就是現在。

　　　現在的我，是全世界最快樂的人。

（燈漸暗。）

第六場
雪姬的願望

新聞　動漫魅力席捲全世界，Cosplay 文化隨之甚囂塵上，許多家長因此憂慮心智不成熟的孩子會受到影響，荒廢學業、虛度光陰。據了解，莊姓少年平常便十分沉迷於動漫世界，常常花費巨資添購行頭，將自己裝扮成動漫人物……

在大型同人活動或動漫展中，參與者為接近動漫中的角色，大多穿著與虛構人物類似的暴露服裝，常出現刻意展現肉體的行為。有些女性參與者常表示在動漫展現場被以奇怪眼光看待或惡意碰觸，性騷擾事件層出不窮……

（燈漸亮，Kimi 手持攝影機，螢幕上出現奈奈的臉。）

Kimi：準備好了嗎？

奈奈：ok。

Kimi：好，那我們開始了喔。

（Kimi 按下錄影鍵。）

Kimi：9 月 23 日，星期六——

奈奈：等一下，可以不要拍到我的臉嗎？

Kimi：……好的，不好意思。

（Kimi 移開鏡頭。）

Kimi：9 月 23 日，星期六。訪問對象，ゆきちゃん的朋友，奈奈。

奈奈：其實我不算她的朋友。

Kimi：但是她私下不是常常跟妳聯絡嗎？

奈奈：我們剛好都是 coser，玩游戲的時候是隊友，跟別人比起來，現實生活中還算蠻常見面吧。ゆきちゃん不需要朋友，也可以活得很好。

Kimi：那，妳有見過林子晴這個人嗎？

奈奈：妳是說上新聞的那個女生喔？

當然有啊，之前在幾次同人誌活動，我就有看到她跟ゆきちゃん黏在一起。ゆきちゃん走到哪裡都會讓她跟在自己旁邊，對她特別照顧。

Kimi：她常常去參加活動嗎？

奈奈：也沒有。ゆきちゃん說她爸媽管她管得很嚴。她好像是景山高中的吧，明星高中欸，力氣都花在升學上，跟我們本身就不是一個世界的人。可以理解，也蠻可憐的啦。她就算來參加活動，也幾乎沒出過角色，大部分時間都是穿普通的衣服或是學校制服。

喔不過，有一次她有出緋櫻。

Kimi：緋櫻？

奈奈：對啊，就是櫻之國的公主，但我覺得她出的不太 OK 欸，太粗糙了。但ゆきちゃん就整個愛到不行。

Kimi：所以在妳看來，她們的感情很好對嗎？

奈奈：我覺得ゆきちゃん有點太寵她了。

Kimi：怎麼說？

奈奈：妳知道嗎，有一次活動結束，她急著要離開。ゆきちゃん在還沒有換裝的情況下，竟然跑去幫她背包包欸，我們旁邊的人看到真的整個嚇到。這太不符合ゆきちゃん的角色設定了吧。

老實說，雖然這不是ゆきちゃん第一次交女朋友，但我認識的ゆきちゃん根本不會做這種事。我跟她認識三年多了，從來沒見過她這樣。

Kimi：所以，妳知道她為什麼要帶林子晴上山嗎？

（奈奈沉默。）

（燈光轉換，螢幕上出現奈奈和雪姬的對話記錄。）

奈奈：ゆきちゃん，下個禮拜在花博的活動，妳會來吧？

雪姬：抱歉，那天我不能出席。

奈奈：又要去雪之王國嗎？

雪姬：嗯，這次我會帶小晴一起去。

奈奈：妳是認真的嗎？

雪姬：嗯。這週末的高雄動漫展結束之後，我們就出發。

奈奈：喂，怎麼可以這樣，這不公平吧？我都還沒去過。

雪姬：……

奈奈：欸我開玩笑的啦，別當真。

雪姬：嗯。

奈奈：可是要去雪之國的事，她爸媽應該不知道吧，他們不是禁止你們見面嗎？所以你們打算偷偷跑上山喔？

雪姬：嗯。

奈奈：這樣真的好嗎？妳就不怕別人把妳說成是綁架犯嗎？

雪姬：奈奈，這次下山之後，我不想再帶登山隊了。

奈奈：為什麼？

雪姬：帶隊太危險，如果我真的出了什麼事，就沒有人照顧小晴了。

奈奈：但妳不是跟我說，妳很喜歡爬山，也很喜歡帶團嗎？

雪姬：……

奈奈：ゆきちゃん，說真的，有那個女生陪伴妳，我很為妳開心。但是我怕再這樣下去，妳會開始失去妳自己，妳會忘記自己是誰。

雪姬：……

奈奈：而且我覺得那個女生真的有點怪怪的欸，跟她在一起，妳真的會快樂嗎？妳到底了解她多少啊？

雪姬：奈奈，妳還記得《雪之國》的故事吧？

緋櫻願意跟隨ゆき一同去雪之國，即使可能會葬送自己的生命也在所不惜。

奈奈：幹嘛突然跟我講這個？

雪姬：因為小晴就是這樣的人。

奈奈：你們兩個該不會做出什麼傻事吧？

雪姬：不會的，別擔心。

奈奈：……

雪姬：下次活動，我一定會跟妳一起去。

奈奈：嗯，說好了喔。

雪姬：一言為定。

（燈光轉換。）

Kimi：她知道她為什麼要帶林子晴上山嗎？

奈奈：這個問題，妳為什麼不自己去問ゆきちゃん？

Kimi：……

奈奈：因為她不肯見妳，對吧。

Kimi：奈奈，妳聽我說——

奈奈：這些天我已經看到無數被曲解的事實、聳動的報導。妳跟我說，妳跟那些人不一樣，妳要怎麼證明？妳不是第一個來找

我的記者了。妳問我的問題，跟其他人不是一模一樣嗎？妳真的願意去理解ゆきちゃん嗎？

Kimi：……

奈奈：妳有看過《雪之國》嗎？妳知道ゆきちゃん的願望是什麼嗎？如果妳連雪之王國的故事都不知道，妳憑什麼來跟我打聽她的事？

ゆきちゃん當然不想跟妳講話，因為妳根本沒資格——

Kimi：等一下，奈奈——

我知道。

奈奈：……

Kimi：我知道ゆきちゃん的願望是什麼。

（燈光轉換，高台處，雪姬上，跪坐。）

雪姬：國王，謝謝你一個月來的盛情款待。現在我準備要離開這裡，回雪之國去。不過在我啟程之前，我有一些話想對你講。

你曾經說過，只要有人讓緋櫻公主學會笑，學會開口說話，就會滿足他的願望。而這兩件事我都做到了。我不想要金幣，銀幣，也不想要領土，或是王位。

想要的，是你的女兒，因為我們彼此相愛。

這不僅僅是我的，也是緋櫻的願望。櫻之國的國王，請你信守你的承諾，讓我帶她一同回去雪之國。

（雪姬附下身去。）

奈奈：妳說的，是《雪之國》裡的ゆきちゃん。

但是我說的，是現實生活中的ゆきちゃん，莊曉婷的願望。

Kimi：莊曉婷？

奈奈：跟林子晴在一起，可以和《雪之國》有完全不同的結局。這就是她最大的願望。

Kimi：完全不同的結局？什麼意思？

（電話鈴響。）

Kimi：不好意思——**（接起電話）**喂，總編？我現在在外面，我在做採訪——

你說什麼？她在哪裡？

……

有，總編，我有聽到。

知道了，我會盡快過去……謝謝總編。

（Kimi 掛掉電話，表情凝滯。）

Kimi：他們找到那個女生了。

奈奈：找到了嗎？喔——太好了！真的好險！我之前就在想，一定是她自己跑下山的。

Kimi：……

奈奈：這樣ゆきさん就沒事了吧？應該趕得上這個週末在台大體育館的活動吧。

Kimi：……

奈奈：妳怎麼了？

Kimi：他們找到的是屍體。

奈奈：……什麼？

Kimi：林子晴，她已經死了。

（燈光轉換，奈奈下場。）

第七場
故事不應該是這樣的

（Kimi 獨自一人站在台上。）

新聞　林姓少女失蹤案在今天有了新進展，在消失 12 天後，警方終於在今天下午 3 點多於北神山西峰一處廢棄的山屋附近尋獲該名少女，但令人痛心的是，少女被發現時已明顯身亡。

（警察的聲音。）

張隊長：……這裡路徑非常陡峭，曾經有登山客在此遇難，山友們都不會走這條路登頂，聽說這裡的山屋已經荒廢很久，幾近坍塌。但我們抵達現場的時候，發現山屋有被加固整理過，也有曾經有人在這邊生活過的跡象……我們在山屋外發現被拖行的痕跡，有一處泥土有明顯被挖掘過，我們是順著這些線索，找到林姓少女被埋葬的地點的……

新聞　林姓少女被埋在深度約1公尺的地方，屍體被發現時，身穿嶄新的藍色登山裝，目前警方已聯繫死亡少女的家屬，製作筆錄後報請北市地檢署檢察官相驗。警方在山屋內尋獲若干登山裝備，一對拼接吊墜及戀愛御守，莊姓少年坦承為自己所有。莊姓少年不僅涉嫌誘拐，更有可能成為殺害林姓少女的最大嫌犯……

（Kimi 合上攝影機，新聞聲音驟然停止。）

Kimi：這些天來，我手中這台攝影機中所記錄下的一切，讓我開始無法找到任何恰當的詞語能夠形容ゆきちゃん。不知道為什麼，與她的距離越來越近，我卻覺得自己越來越不了解她。明明是走在接近真相的路上，此時此刻，我卻覺得迷失了方向。

難道我真的錯了嗎？我真的相信了不該相信的人嗎？

（Kimi 看向雪姬的方向，打開攝影機。）

雪姬：9 月 27 日，星期三。

我是莊曉婷，妳也可以叫我ゆき。ゆき，就是雪的意思。

（燈光轉換，歌隊演員上。）

A：看著眼前的雪姬，恐懼的國王想起了女巫的預言。

B：這個孩子是黑暗之神的禮物。她會在十五歲那年，愛上一個她不該愛的人，讓整個國家毀於一旦。

C：憤怒的國王沒有兌現他的諾言。

國王：你這個可怕的怪物，你會為這片土地帶來詛咒，現在就滾出我的國家！我不可能把我的女兒交給你！

A：把雪姬逐出櫻之國之後，國王匆匆地返回宮殿最深處的房間。

B：國王快步走上長長的階梯，在緋櫻的房門外停住腳步。

C：不知道為什麼，他有種不好的預感。

A：他不敢相信自己的眼睛。

國王：那是什麼？

B：有什麼東西從門縫里流了出來。

C：就像雨水順著屋簷流下那樣，在潔白的地毯上，綻開一朵巨大的花。

B：比櫻花還要紅——

雪姬：不，不對，故事不是這樣的。

歌隊：……

雪姬：在和小晴上山之前的那個晚上，我許了一個願望。我希望能夠用ゆき的身份重新書寫我們的命運。

所以，故事不應該是這樣的。

A：憤怒的國王沒有兌現他的諾言，他把雪姬逐出了櫻之國。

B：但雪姬早就料到會有這樣的結果。

C：她們約好了，當晚就要在廣場碰面，她們要一起偷偷離開，到雪之國去。

雪姬：我們約好了，要一起在山上生活。我們會擁有完全不同的結局。

（燈漸暗。）

第八場
雪之國的逃亡之旅

（微弱的燈光下，少女與雪姬上場。）

（少女既是緋櫻，也是子晴。）

少女：天啊，這裡好美。借我望遠鏡！

雪姬：好。

少女：欸，那邊就是我們今天出發的地方嗎？

雪姬：是啊。

少女：好難想像，明明走了這麼久，從這邊看起來卻那麼近。

雪姬：妳喜歡這裡嗎？

少女：喜歡。

雪姬：那我們今晚就在這裡紮營吧。

少女：真的嗎？可是早上妳不是說，我們今天就要走到雪之國？這樣進度不會落後太多嗎？

雪姬：還不是因為有個小懶豬今天早上起不來，拖到快中午才出發？

少女：哎呦，人家很累啦。

雪姬：沒關係，反正現在天也快黑了，我們明天再去也來得及。

少女：天快黑了？我怎麼沒感覺。

雪姬：這裡的時間，跟外面的世界是不一樣的。山裡的時間總是過得很快，妳明明覺得天色好像還很亮，但其實一眨眼，太陽就下山了。

少女：所以妳的意思是，我在這裡會老得更快嗎？

雪姬：可能會喔。

少女：可是我覺得，這裡的時間過得很慢耶。我們明明昨天才出發，我覺得好像過了一輩子那麼久，真的好累喔！

雪姬：這是妳第一次上山啊，能堅持到這邊，已經很不容易了。

少女：因為有妳啊，如果沒有妳幫我背裝備，我怎麼可能到得了這裡。

我從來沒有到過離家這麼遠的地方。

（二人並肩坐下，少女把頭靠在雪姬的肩上。）

雪姬：晚上的時候，這邊能看到更多星星喔。

少女：比昨天晚上的還多嗎？

雪姬：當然啊，因為這邊的地勢比較高，視野更好。

少女：妳是說，這邊離星星更近嗎？

雪姬：是啊。

少女：好浪漫哦。

雪姬：……

少女：ゆきちゃん，妳會害怕嗎？

雪姬：怕什麼？

少女：萬一他們發現我們，把我們帶走，到時候全世界可能都會覺得是妳綁架我上山的欸。

雪姬：這本來就是事實啊，有什麼好害怕的。

少女：什麼意思？

雪姬：從我們第一次聊天開始，我就想綁架妳了。

少女：居心叵測，誘拐未成年少女，妳死定了。

（二人打鬧一陣，坐下。）

雪姬：那妳呢？

少女：我？

雪姬：……妳真的下定決心了嗎？

　　　如果妳沒有做好準備，雪之國是不會歡迎妳的喔。

少女：我只是擔心。

　　　我擔心，如果我們還沒到雪之國就被找到的話該怎麼辦？我怕我們永遠都不可能在一起。

雪姬：放心，他們不會有這個機會的，我們明天一定會抵達。

少女：嗯。

（少女依偎在雪姬的懷裡。）

少女：ゆきちゃん，我問妳喔。

　　　雪之國，到底是什麼樣的地方？

雪姬：雪之國在北神山的頂端，那裡有一個廢棄的小木屋，是我們的祕密基地。那裡沒有電，也沒有網路，但是晚上會有很白的月光，照亮整個房間。有的時候，會有很大的鳥兒飛到雪之王國來，它們有發亮的藍色翅膀，一點也不怕人，它們會飛飛飛，落在妳的肩膀上，然後就開始用它們的大嘴巴啄妳的臉——

少女：吼唷，別鬧啦！

雪姬：好啦。

少女：還有呢？

雪姬：還有，雪之國幾乎一年四季都在下雪。但是我們可以在屋子裡生火，就會很溫暖。從窗戶往外看，就能看到一片白茫茫的峽谷，還有一條河從峽谷中間穿過，那是唯一一條永遠不會結冰的河。

在雪之王國，妳什麼都不用煩惱，每天都可以睡到自然醒。

少女：好美的地方。

（沉默。）

少女：ゆきちゃん，妳之前，有沒有帶別人上過山？

雪姬：去年，有過一次。

但是第二天紮營之後，剛煮好晚餐，她就開始哭個沒完，跟我說她想下山。

少女：她為什麼想跟妳來這裡？

雪姬：她的父母離婚了，但兩個人都不想要她的撫養權。

少女：是喔。但這樣也可以很自由啊，想做什麼就做什麼。

雪姬：……

少女：後來呢？

雪姬：後來，我帶她下山，騎車載她到最近的車站，我就離開了。之後我們就再也沒聯絡過。

少女：所以她從來沒去過雪之國？

雪姬：沒有，其實從一開始，我就帶她走了另一條路線，我沒有打算帶她去那裡。她只是想要換個心情，透透氣，她只是需要有人聽她講講話。她應該從來沒想過要跟我在一起生活吧。

少女：那我呢？

雪姬：妳不一樣。

少女：有什麼不一樣？

雪姬：跟妳在一起的時候，我覺得很輕鬆，好像什麼話都可以說，就算不以ゆき的形象出現，我也覺得無所謂，好像不用特別掩飾自己。跟妳在一起，有一種真實感，我第一次覺得自己那麼真實地跟人講話，我第一次覺得，自己被人完完全全地接受。

但是我不知道為什麼，這可能就是妳最神奇的地方。

（少女和雪姬擁抱。）

少女：如果我們可以永遠在一起，該有多好。

雪姬：等妳十八歲的時候，就可以從家裡搬出來，到時候我們就可以在一起了。

少女：……

雪姬：妳之前不是跟我說，帶登山團很危險嗎？

少女：……嗯。

雪姬：所以，這次下山之後，我會去找個工作的。我雖然沒有妳那麼會唸書，但在便利商店打打工，總還是可以吧。

少女：為什麼要去便利商店打工？

雪姬：這樣等妳十八歲之後，兩手空空地從家裡搬出來，我才有個地方能收留妳啊。

少女：那，之後呢？

雪姬：之後，我會想辦法的。

總有一天，我會讓妳爸媽接受我的。

（沉默。）

少女：如果他們永遠都不會接受妳呢？

雪姬：那，我們就過我們自己的生活。

少女：如果這次下山之後，我爸媽又把我關起來，不讓我出門呢？
我們就再也見不到面了不是嗎？

雪姬：她們總不能可能關妳一輩子吧——

少女：但是，如果這一天永遠不會來，該怎麼辦？
如果最後的結局，不是妳想的那樣——
如果這個世界上，根本沒有任何一個人願意祝福我們呢？

雪姬：……

少女：我真的好羨慕，也好嫉妒我的朋友們，為什麼她們可以這麼簡單就愛上一個人，可以跟另一個人在一起，就好像是跟呼吸一樣自然的一件事。但是我卻不行呢？

雪姬：小晴——

少女：ゆきちゃん，妳還記得我們第一次碰面的那天嗎？

妳跟我講述了一個美好的世界，屬於妳的世界，雪之國。

我卻很笨地告訴妳，我從來沒看過雪。因為我以為雪之國就只是妳幻想的地方，我以為它在現實世界中根本不存在。

雖然我很笨，但是我卻成為了最幸運的人，謝謝妳願意相信我，把雪之國的鑰匙交給我。是妳讓我相信那個美好的地方真的存在，沒有寒冷，沒有痛苦，只有我跟妳。

ゆきちゃん，我不想回去，不想過原本的生活，如果十八歲之後，我們還是沒辦法在一起的話，該怎麼辦呢？

（向雪姬伸出手）ゆきちゃん，妳做好準備了嗎？妳下定決心了嗎？妳願意跟我一起前往雪之國嗎？

（燈光轉換，歌隊上。）

A：無論多久之後，這個國家世世代代的人們，都會記得雪姬來的那一夜。

B：紅色的眼睛，尖利的爪子，長長的尾巴，一隻巨大的怪物盤旋在櫻之國的上空，把這裡變成暴雪和狂風所主宰的天下。

C：那是充滿了哭聲、毀滅和不幸的一夜。

A：大地冰封，寸草不生。

B：幾乎所有人都葬身在那場突如其來的暴雪之中，多麼黑暗、恐怖的夜晚啊——

C：那是來自雪姬的復仇，她要摧毀這個奪去她愛人生命的國度。

合：巫女的預言成真了，詛咒的時刻降臨了。

A：不知過了多久，風雪終於停了，天空開始放晴。

B：那些倖免於難的人們，依稀看到了雪姬的身影。

C：她的懷中抱著死去的緋櫻，國王的第十三個孩子，招來詛咒的少女。她的血滴在潔白的雪地上，像一片片紅色的櫻花瓣。

A：雪姬帶著她的愛人，離開了這片讓她毫無留戀的土地。從此，再也沒有人聽說過雪之國的傳說。

雪姬：（看向 Kimi）妳相信命運嗎？

小晴相信，她說，這就是為什麼她會在十五歲的時候遇到我。她說，我們的結局早就寫在《雪之國》裡了。但是我不信，所以我拚了命地想要改變。

（看向躺在自己身邊的子晴。）

那天晚上，我看著小晴把藥大口大口地吞下去，我看著她躺在我旁邊，跟我說:「走吧，讓我們一起出發，去雪之國吧。」

我握著她的手，看著她在我身邊漸漸睡著。我把剩下的半瓶藥倒在我的手心裡，我看著那些藥，一、二、三，四，五，我數到五，就會從頭再數一次。所以，到底有多少顆，為什麼怎麼數也數不完？

不知道過了多久，小晴的手開始漸漸地變冷，等到我再回過神來的時候，她已經沒了呼吸。我開始搖她，叫她的名字，餵她水喝，因為我天真地以為她會醒過來。

直到那個時候我才突然發現，原來不敢去雪之國的人是我，是我讓小晴變成了孤零零的一個人。

「既然到了這裡，為什麼還要離開呢？」小晴是這麼說的。

我知道她不想下山，所以我選擇把她永遠留在了那裡。

故事不應該是這樣的，我想要有完全不同的結局，但沒想到只是轉了個彎，又回到了原點。

9 月 27 日，星期三。我是莊曉婷，這就是妳想要的真相。

（燈暗。）

第九場
尾聲

（微弱的燈光下，櫻花瓣飄落。）

（一個十五歲少女出現在高台上，她既是子晴，也是緋櫻。）

（舞台的一角，隱約可見 Kimi 的身影。）

少女：ゆきちゃん——ゆきちゃん——

妳在嗎？妳聽得到我的聲音嗎？

我的手機呢？這樣我要怎麼打給妳？現在幾點了？今天是星期幾？

奇怪，我明明穿著妳買給我的登山衣，但為什麼我還是覺得好冷。為什麼我的全身都好痛？我開始感覺不到我的手指和腳趾，也感覺不到我的肺，我的心臟，我的血管和毛孔。我是不是在很深很深的地下，我好像聽到種子在我身上發芽的聲音。

我以為，在睜開眼睛之後，我們就會抵達雪之國，那個我們朝思暮想、渴望又期盼的國度。妳說過，那是一個遠離城市和所有喧囂的地方。但是，ゆきちゃん，這裡四處都是一片黑暗，一片雪也沒有，也沒有我想像中的星星閃耀。我什麼也看不到，什麼也聽不到。而且，我找不到妳在哪。

這裡到底是什麼地方？ゆきちゃん，我們不是一起出發的嗎？為什麼沒有妳牽著我？為什麼妳不在我身邊？妳說過，我們要一起去雪之國的，不是嗎？

所以，我已經死了嗎？
ゆきちゃん，那妳呢？

親愛的ゆきちゃん，ゆきさま，莊少廷，莊曉婷，我是林子晴，妳的小懶豬。我想要用我所知道的、妳所有的名字再呼喚妳一次。在曙光來臨之前，可以請妳來這裡找我嗎？如果妳聽得到我的聲音，拜託，請妳回應我。

新聞　林姓少女死亡真相終於水落石出，北市地檢署今日偵結，林姓少女身體並無明顯外傷，體內有超過治療劑量的安眠藥及普拿疼，初步研判是服藥後失去知覺，嘔吐物阻塞呼吸道導致窒息身亡。日前飽受網路及社會輿論討伐的莊姓少年，仍有教唆或誘導林姓少女自殺之嫌疑，對此，景山分隊第三分隊張隊長表示，將持續配合地檢署指揮偵辦……

Kimi：不，不是這樣，一定是哪裡搞錯了……

《雪之國》的結局，不應該是這樣的。

（少女起身，走到雪姬身旁，把頭靠在她的肩上。）

Kimi：那天，看著眼前的雪姬，櫻之國的國王決定信守他的諾言。

國王下令舉行七天七夜的慶典，大肆歡笑、歌舞，飲酒作樂。

國王：從今天開始，雪之國和櫻之國將締結婚姻，她們將成為被眾神祝福的女兒！

Kimi：第二天清晨，櫻之國的所有臣民，站在開滿櫻花的道路旁，歡送雪姬和緋櫻，所有人目送著她們一同離開櫻之國的邊境，前往遙遠的雪之國。

從此，她們將成為世界上最快樂的人，過著幸福的生活，就像所有童話裡寫的那樣。

雪姬：妳喜歡這裡嗎？

少女：喜歡。

雪姬：累了嗎？

少女：嗯，有一點。

雪姬：那，我們今天就在這邊紮營？

少女：好哇。

雪姬：天快黑了，我們快把帳篷搭起來吧。

（雪姬打開登山背包。）

少女：等一下！快看，有流星！

雪姬：在哪裡？

少女：剛剛從山那邊劃過去──妳看！又一顆！快點坐好，我們來許願。

雪姬：好，許願。

少女：我希望，我可以跟莊少廷永遠在一起。

雪姬：拜託，可以不要用這個名字叫我嗎，感覺好奇怪。

少女：要用真的名字，願望才能實現啊。現在換妳了，快點。

雪姬：……我要許願，我想跟林子晴共度餘生。

少女：在我們的雪之王國。

雪姬：在我們的雪之王國。

（Kimi 看向兩位少女，雪漸漸落下，燈光漸暗。）

——劇終——

創作筆記

還記得我是在 2017 年的春季，於一家自助餐廳吃晚餐時看到那則新聞的。令人昏睡的下午，空氣中混雜著飯菜油膩的氣息，高懸在頭上的電視把新聞一字一句大聲送入我的耳朵。我好奇地抬頭望去，新聞畫面上，一頭長髮的登山女領隊，和一個短髮女生頭靠著頭一起合照，兩張樸實的臉，靜靜地微笑著。新聞持續報導著，國中少女的父母極力要求領隊吐露女兒下落，否則將向法庭提出告訴。然而，看二人合照那親密的樣子，不是朋友便是愛人。這一切究竟是怎麼回事？

那位領隊不為人知的身分、雌雄莫辯的形象、「誘拐」少女上山的動機，無一不令我著迷與好奇。從那天起，我開始追蹤這則新聞，如同劇中的記者 Kimi 那般狂熱。她的故事，令我想到臺灣一直以來都流傳著的「魔神仔」傳說。相傳長者在精神不佳的情況下，容易遭到魔神仔的誘拐，莫名其妙地往山裡走去，旋即失去蹤影。如果運氣不好，再次被尋獲時就已成為冰冷的遺體。同時，在我的腦海中，白凜的形象也逐漸與日本「雪女」的傳說逐漸疊合。傳說，雪女是一個皮膚蒼白的妖怪，在下雪的夜晚，會化身為美麗的女子，下山來找意中人。但同時，她也被形容為可怕的怪物，會捲起暴風雪，活活凍死踏入山中的旅人。

逐漸地，我開始拼湊起更多有那位領隊的線索。她曾為生理男性，自稱動過變性手術（有網友攻擊他是為了躲避刑法才變性），私下也是一位 cosplay 愛好者。之所以帶女孩上山，似乎是希望能夠帶她遠離城市的喧囂，在山上共同開展二人想像中的「新生活」。就這樣，《雪姬來的那一夜》的故事呼之欲出。

《雪姬來的那一夜》由兩線並行的敘事脈絡結構而成。現實段落，藉由記者 Kimi 追訪雪姬的過程，探討了媒體亂象、性別認同議題。同時，我也插入了《雪之國》漫畫的敘事線，並在其中投入了我對雪姬和國中少女子晴二人愛情的想像。這是兩個孤獨的個體，努力而殘破地活著，因為遇到彼此而完整了生命，我把我能夠想到的世界上最浪漫的相處、最美好的陪伴，毫不吝嗇地送給她們，在最後，則以其中一方的死亡作為全劇的終結。

這齣戲大概是我寫過最浪漫、同時也是最殘忍的故事，如同卡薩布蘭卡之花所代表的意義：「戀人之中必然有一個人會死去，但當愛和死亡結合在一起，或許就是永恆不變的美。」

在此，想要深深感謝在田野調查階段願意接受我訪問的 coser

朋友們，謝謝你們與我毫無保留地分享 cosplay 的相關知識，以及出角時的感受。沒有你們，就沒有《雪姬來的那一夜》。更榮幸的是，本次也邀請到曾獲金漫獎肯定的漫畫家星期一回收日，將劇本中《雪之國》的故事改編成漫畫，讓這場冰封之戀得以用另一種方式躍然紙上，與讀者見面。

《雪姬來的那一夜》The Night Yukihime Came
第三屆廣藝基金會「表演藝術金創獎」銀獎
二零二二年拾貳月玖日
首演於 國家兩廳院實驗劇場

【製作團隊】
創團團長｜謝東寧
藝術總監、戲劇顧問｜何應權
製作人、編劇｜劉天涯
導演｜陳昶旭
製作統籌｜丁福寬
演員｜林書函、徐育慈、許照慈、陳以恩、陳忻、楊宣哲、鍾婕安、鍾凱文（依姓氏筆劃順序排列）
舞台設計｜趙鈺涵
燈光設計｜蘇揚清
影像設計｜范球
音樂設計｜蔡秉衡
服裝設計｜游恩揚
妝髮設計｜鍾其甫
平面設計、攝影｜葛昌惠
肢體設計｜王珩
舞台監督｜潘姵君

導演助理｜丁怡瑄
舞監助理｜鄭青青
舞台技術指導｜羅宇辰
舞台技術人員｜吳志雄、沈佳賢、張晏禎、許派銳、陳亮儒、陳賢達
燈光技術指導｜劉柏漢
燈光技術人員｜何佩芹、吳正文、陳昱澍、蕭雅庭
音響技術指導｜樂和中
音響技術人員｜陳立婷、劉邦聖、賴韋佑
影像技術人員｜丁常恩、徐紹恩
服裝管理｜馮汶旭、高玉欣
服務協力｜林翠娥
妝髮執行｜鄒孟翰、林紹宸
行銷宣傳執行｜黃萱軒
漫畫家｜星期一回收日
劇照攝影｜賴慧君

主辦單位｜廣藝基金會、盜火劇團
演出單位｜盜火劇團
贊助單位｜廣達電腦、國藝會
行銷宣傳協力｜誠品人 eslite member

盜火劇團由留法導演謝東寧於 2013 年所創立，緣起於效法希臘神話英雄——普羅米修斯「盜火」造福人類，盜火劇團企圖以劇場力量，走入人群、影響社會。在創作方面，主要開發本土觀點的新創作，亦以導演的總體劇場觀念，詮釋當代新文本及世界經典劇作，期待透過劇場，能夠反映社會真實、土地情感，以全球的視野觀看，屬於華人生活的劇場圖像。

本團自 2016 年起，連續獲得文化部 / 國家文化藝術基金會「Taiwan Top」（演藝團隊分級獎助專案）肯定。

盜火劇團 懸疑三部曲 二部曲

雪姬來的那一夜

作者：劉天涯
美術設計：Johnson
封面設計：安安
總編輯：廖之韻
創意總監：劉定綱
執行編輯：錢怡廷
出版：奇異果文創事業有限公司
電話：（02）23684068
傳真：（02）23685303
網址：https://www.facebook.com/kiwifruitstudio
電子信箱：yunkiwi23@gmail.com
法律顧問：林傳哲律師 / 昱昌律師事務所
總經銷：紅螞蟻圖書有限公司
地址：台北市內湖區舊宗路二段 121 巷 19 號
電話：（02）27953656
傳真：（02）27954100
網址：http://www.e-redant.com
初版：2022 年 12 月 9 日
定價：新台幣 250 元
ISBN：9786269536085